1ª GUERRA

HISTÓRIA ILUSTRADA EM 300 FOTOS

Claudio Blanc

2ª Impressão em 2022

Presidente: Paulo Roberto Houch
MTB 0083982/SP

Coordenação Editorial: Priscilla Sipans
Coordenação de Arte: Rubens Martim
Projeto Gráfico: Renato Darim Parisotto
Seleção de imagens: Claudio Blanc
Imagens: Wikicommons
Vendas: Tel.: (11) 3393-7723 (vendas@editoraonline.com.br)

Impresso no Brasil.
Foi feito o depósito legal.

Dados Internacionais de Catalogação na Publicação (CIP)
(eDOC BRASIL, Belo Horizonte/MG)

B638p

Blanc, Claudio.
Primeira Guerra Mundial: história ilustrada em 300 fotos / Claudio Blanc. – Barueri, SP: Camelot, 2022.
15,5 x 23 cm

ISBN 978-65-80921-19-5

1. Guerra Mundial, 1914-1918 – História. I. Título
CDD 940.3

Elaborado por Maurício Amormino Júnior – CRB6/2422

Direitos reservados à
IBC – Instituto Brasileiro de Cultura LTDA
CNPJ 04.207.648/0001-94
Avenida Juruá, 762 – Alphaville Industrial
CEP. 06455-010 – Barueri/SP
www.editoraonline.com.br

PRELÚDIO À GUERRA

A Primeira Guerra Mundial, o maior e mais sanguinário conflito até então, tem suas origens bem antes de 1914 e envolve as intrincadas relações entre as potências europeias. O papel do Império austro-húngaro como catalisador da guerra foi fundamental. Contudo, o atentado que assassinou o arquiduque Ferdinando da Áustria foi apenas o estopim que inflamou a atmosfera tremendamente volátil da Europa no final do século XIX e início do XX.

Imperador francês Napoleão III (à esquerda) como prisioneiro de Bismarck (à direita) na Guerra Franco-Prussiana dos anos 1870: a rivalidade entre os dois países predispôs os ânimos para um novo confronto.

Wikicommons/ Xiaphias

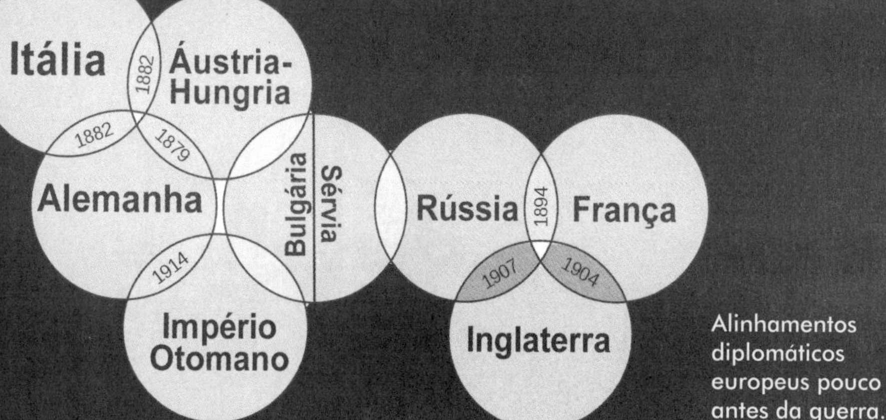

Alinhamentos diplomáticos europeus pouco antes da guerra.

Caricatura de 1909 da revista Punck mostra os Estados Unidos, Alemanha, Grã-Bretanha, França e Japão envolvidos numa corrida naval representada como um jogo de apostas "sem limite": a corrida armamentista foi outro fator que levou ao conflito.

A competição resultante do novo imperialismo, como se chamou o período entre o final do século XIX e início do XX em que as potências europeias, os EUA e o Japão buscaram a expansão colonial, está entre as causas da Primeira Guerra, em meados da década de 1910 (caricatura da revista *Punch*, mostrando Cecil Rhodes como o colosso de Rodes sobre a África, dezembro de 1892).

HMS Dreadnought da Marinha Real, primeiro dreadnought do mundo (1906); este tipo de embarcação lançou um novo conceito de guerra naval e teve seu projeto copiado pelas marinhas do mundo todo.

O rei George V (à esquerda) inspeciona HMS Neptune, navio que se tornou parte da Grande Frota após o início da Primeira Guerra Mundial.

"Estamos com medo? NÃO!" Cartoon, canadense (c. 1914).

Caricatura austríaca de 1914 mostra o Império como o "chão de debulha da Europa".

Cidadãos de Sarajevo leem a proclamação da anexação do país ao Império austro-húngaro, em 1908 – uma ação que acirrou os ânimos da política na Europa central e acabou, entre outros fatores, levando à guerra.

O cartoon de John Bernard Partridge publicado na revista *Punch* (c. 1904) mostra o ponto de vista alemão da Entente Cordiale de 1904: John Bull, a personificação britânica, caminha de braços dados com uma Marianne, o símbolo da República da França, vestida com uma saia escandalosamente curta para a época, enquanto o alemão finge não ligar.

As tendências dessa intrincada rede de alianças foram bem ilustradas numa caricatura publicada numa revista americana em 1914. Na legenda da "Rede da Amizade", lê-se: "se a Áustria atacar a Sérvia, a Rússia cai em cima da Áustria, a Alemanha, em cima da Rússia e a Inglaterra e França, sobre a Alemanha".

O kaiser Guilherme II, em 1902: a Alemanha prometeu apoio à Áustria, caso ela fosse agredida pela Rússia por conta de sua política nos Bálcãs.

Nesta caricatura, os governantes da Alemanha, França, Rússia, Áustria-Hungria e do Reino Unido tentam manter a tampa do caldeirão fervente das tensões para evitar uma guerra geral europeia.

CAUSAS

As razões que motivaram a Primeira Guerra Mundial vão muito além do assassinato de Francisco Ferdinando e compreendem políticas nacionais e econômicas, bem como conflitos territoriais, étnicos e culturais, além de uma teia de alianças que vinha ganhando forma entre as potências da Europa desde 1870. Acompanhe algumas das causas mais importantes:

- ✔ O crescimento do nacionalismo em toda Europa;
- ✔ Problemas territoriais;
- ✔ Um intrincado sistema de alianças;
- ✔ A mudança no equilíbrio de poder entre as potências europeias;
- ✔ Governos fragmentados;
- ✔ Atrasos e enganos nas comunicações diplomáticas;
- ✔ A corrida armamentista iniciada nas décadas anteriores;
- ✔ A competição por colônias ricas em matérias primas;
- ✔ Concorrência militar, econômica, industrial e comercial;
- ✔ A necessidade, principalmente para a França, a Alemanha e a Áustria, de superar a estagnação interna por meio de conquistas externas.

O Mártir Sérvio, um cartão-postal francês de 1919, alude à situação da Sérvia na Primeira Guerra.

O arquiduque Francisco Ferdinando (ou Fernando) em 1914. Seu assassinato pelo radical sérvio Gavrilo Princip deflagrou a guerra.

Sophie, duquesa de Hohenberg, esposa de Francisco Ferdinando.

O arquiduque Francisco Ferdinando com sua esposa Sophie, duquesa de Hohenberg, e seus três filhos. Sofia também foi assassinada no atentado promovido pela organização Mão Negra.

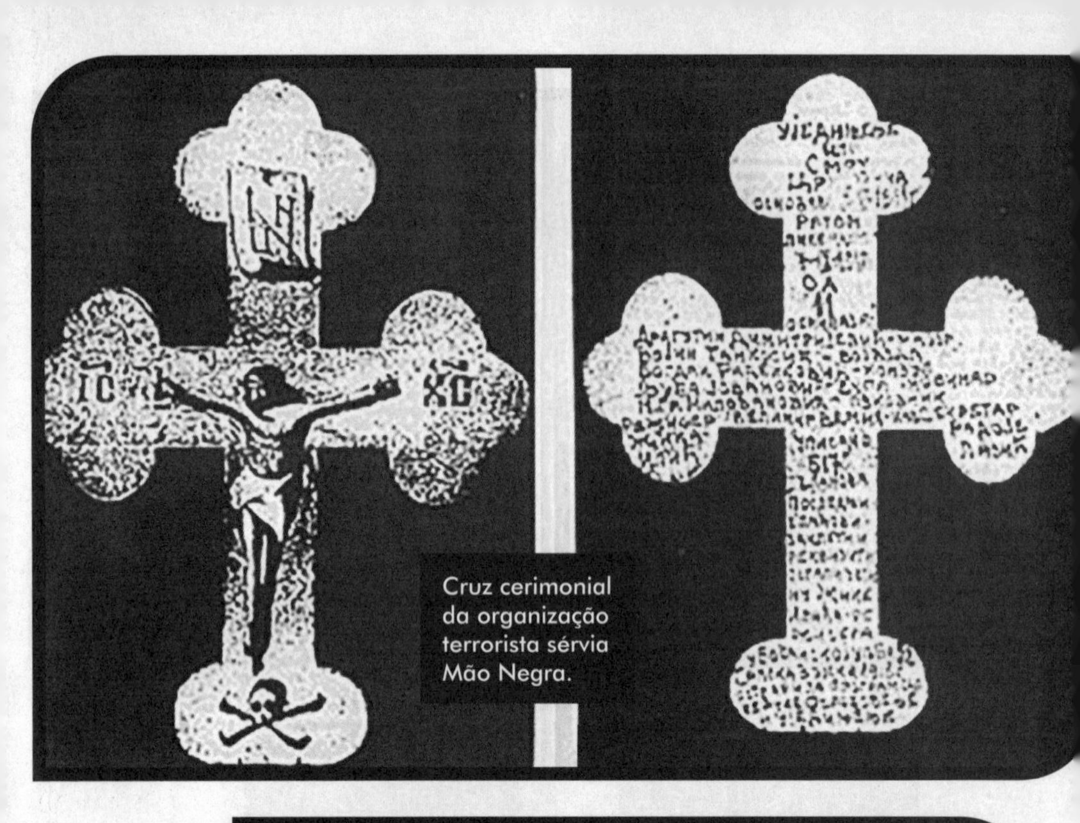

Cruz cerimonial da organização terrorista sérvia Mão Negra.

Os conspiradores Trifko Grabež, Nedeljko Čabrinović e Gavrilo Princip em Kalemegdan, Belgrado, maio de 1914.

A prisão de Gavrilo Princip.

Gavrilo Princip
em sua cela, na
Fortaleza de Terezín.

Gavrilo Princip, sentado ao centro, na primeira fila, durante o julgamento em Sarajevo, em dezembro de 1914.

1914
AS PRIMEIRAS BATALHAS

Foto de estúdio de soldados austríacos com uniforme de campo (c. 1914).

Ataque francês, usando baioneta (c. 1914).

BATALHA DE LIÈGE | 4 A 16 DE AGOSTO |

A batalha que inaugurou a Primeira Guerra Mundial marcou, também, a abertura da ofensiva alemã, a invasão da Bélgica. As investidas começaram a 5 de agosto de 1914 e terminaram em 16 de agosto, com o rendimento do último forte belga.

Tropas belgas defendem o subúrbio Herstal, nas proximidades de Liège.

Fort Loncin logo após a batalha.

Tropas alemãs no Palácio dos Bispos de Liège.

BATALHA DAS FRONTEIRAS | 14 A 24 DE AGOSTO |

Travadas ao longo da fronteira oriental da França e sul da Bélgica, teve a Alemanha como vencedora, cujos soldados invadiram o norte da França através da Bélgica.

Cavalaria Francesa desfila em Paris a caminho da Batalha das Fronteiras, em Paris, agosto de 1914.

Tropas belgas, com metralhadoras puxadas por cães, durante a Batalha das Fronteiras.

A Batalha de Morhange, parte da Batalha das Fronteiras, visto pela propaganda francesa em 1915.

Equipamento francês abandonado perto de Vergaville.

"Bravo, Bélgica!" O cartoon político da revista *Punch*, edição de dezembro de 1914, mostra um agricultor belga enfrentando o agressor alemão. De fato, a Bélgica e sua população sofreram pesados crimes de guerra perpetrados pelos alemães.

Prisioneiros franceses em agosto de 1914, em Sarrebourg.

BATALHA DE STALLUPÖNEN

|17 DE AGOSTO|

Tida como a primeira batalha na Frente Oriental da Primeira Guerra Mundial, foi travada em 17 de agosto entre os exércitos russo e alemão. A vitória dos alemães acarretou o atraso no cronograma do planejamento russo.

Marcas de combates em Stallupönen.

BATALHA DAS ARDENAS

|21 A 23 DE AGOSTO|

Este combate figurou entre os primeiros da Primeira Guerra Mundial, tido como parte da Batalha das Fronteiras.

Joseph Joffre, comandante do exército francês, que supervisionou as operações durante a Batalha das Ardenas.

Príncipe Wilhelm, líder do 5° Exército alemão.

Localização de montanhas Ardenas, em destaque, entre a Bélgica, França e Luxemburgo.

BATALHA DE MONS | 23 DE AGOSTO |

Também considerada como parte da Batalha das Fronteiras, foi o primeiro confronto da Força Expedicionária Britânica (BEF).

Cia "A" do 4° Batalhão, Fuzileiros Reais (City of London Regiment), parte da 9ª Brigada de 3ª Divisão, descansando na praça da cidade de Mons antes de entrar na linha da Batalha de Mons. Os Fuzileiros Reais enfrentaram alguns dos combates mais pesados da batalha.

Alexander von Kluck, comandante do Primeiro Exército alemão em Mons.

Tropas britânicas em retirada após a batalha de Mons.

BATALHA DE TANNENBERG

|26 A 30 DE AGOSTO|

Ocorrida na Prússia Oriental entre os exércitos alemão e russo, esta batalha teve a Alemanha como vitoriosa, uma vez que os alemães cercaram e destruíram as forças do czar que tinham invadido a Prússia Oriental.

Prisioneiros russos após a Batalha de Tannenberg.

Hermann von François (de costas para a câmera) aprisiona o general russo Kluyev, chefe do XIII Corpo do Exército russo, em 31 de agosto de 1914.

Concepção da propaganda alemã da dupla de líderes Hindenburg e Ludendorff, por Hugo Vogel (c. 1914).

Soldados russos a caminho do front.

BATALHA DE KRAŚNIK

23 A 25 DE AGOSTO

A primeira vitória da Áustria-Hungria na Primeira Guerra Mundial viu o 1° Exército austro-húngaro enfrentar e derrotar o 4° Exército Russo.

Tropas austro-húngaras descansam durante o avanço.

Carga dos Dragões da Áustria em Kra□nik.

CERCO A MAUBEUGE

|24 DE AGOSTO A 7 DE SETEMBRO|

Este confronto resultou na rendição das guarnições francesas às tropas alemãs.

Fortaleza francesa arruinada após a captura alemã.

Soldados alemães à entrada de Maubeuge, setembro 1914.

Os restos de uma torre da fortaleza de Maubeuge após mais de oito dias de bombardeios alemães com canhões de 210, 305 e 420 mm.

A eclusa de Maubeuge em 1915.

BATALHA DE LE CATEAU

|26 DE AGOSTO|

Travada logo após a retirada das tropas britânicas, francesas e belgas da Batalha de Mons, que buscaram firmar posições defensivas no norte da França.

Britânicos mortos na Batalha de Le Cateau.

O general Horace Smith-Dorrien comandou as forças britânicas em Le Cateau.

BATALHA DE SAINT-QUENTIN | 29 E 30 DE AGOSTO |

Confronto que envolveu as tropas alemãs e francesas durante a retirada dos aliados de Le Cateau.

Soldados do 48° Regimento de Infantaria francesa na batalha.

Monumento erguido em honra do 5º Exército francês na cidade de Guise.

Karl von Bülow, comandante do 2º Exército alemão que lutou em Saint-Quentin.

PRIMEIRA BATALHA DO MARNE | 5 A 12 DE SETEMBRO |

A vitória franco-britânica sobre a Alemanha nessa batalha foi um dos momentos decisivos da Primeira Guerra Mundial.

Soldados alemães durante a primeira batalha do Marne, possivelmente encenado para o fotógrafo, uma vez que o uso de medalhas não era prática comum em batalha.

Combatentes franceses esperando assalto inimigo numa trincheira (c. 1914).

Carga com baioneta da infantaria francesa.

Pintura Léon Broquet: o Petit Morin, na região da batalha, repleto de cadáveres em 10 de setembro de 1914.

Corpos de soldados alemães mortos no campo de batalha, em Fère Champenoise, departamento Marne, França, 1914.

As transmissões entre o comando e as tropas eram difíceis: os avanços eram rápidos demais para a transmissão a cabo, enquanto as estações de rádio tinham curto alcance.

A rua Lombard, em Sermaize-les-Bains, após a Batalha do Marne.

Edição especial da revista *J'ai vui* celebrando a vitória em Marne.

Cavalaria francesa conduzindo prisioneiros alemães.

A CORRIDA PARA O MAR

Após o fracasso da Alemanha na Primeira Batalha do Marne, os exércitos oponentes tentaram, por diversas vezes, se flanquearem mutuamente. Essa fase da guerra ficou conhecida como A Corrida para o Mar, que levou à formação de uma extensa linha contínua de trincheiras no front ocidental.

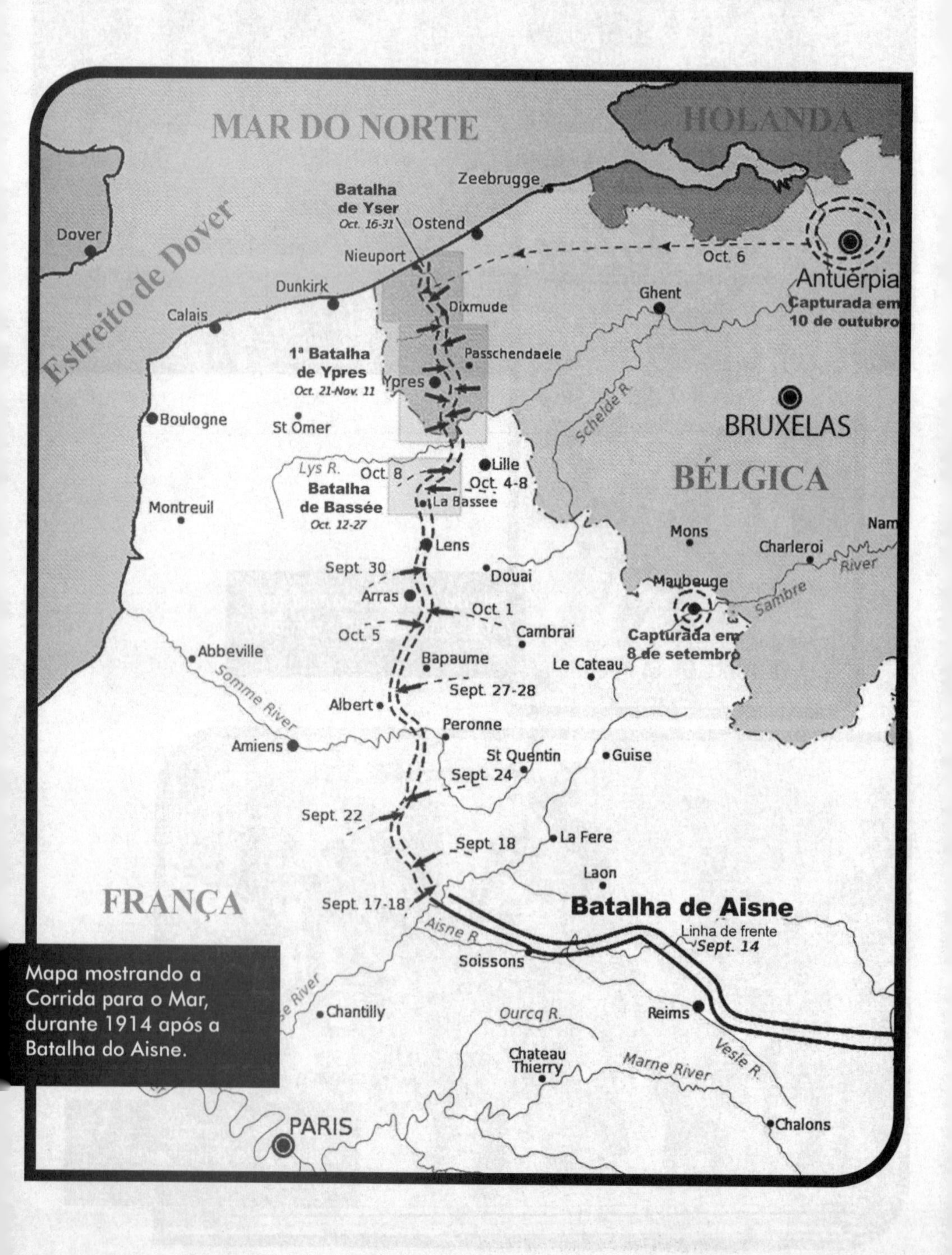

Mapa mostrando a Corrida para o Mar, durante 1914 após a Batalha do Aisne.

BATALHA DE CER

|16 E 19 DE AGOSTO|

Foi uma das tentativas sem êxito do Império Austro-Húngaro de invadir a Sérvia no primeiro ano da Primeira Guerra Mundial, além de ser conhecida como a primeira derrota das Potências Centrais.

Tropas austro-húngaras enviadas para a Sérvia através de Sarajevo.

BATALHA DO RIO DRINA

|6 DE SETEMBRO A 4 DE OUTUBRO|

A Batalha do rio Drina terminou com uma vitória austro-húngara sobre a Sérvia.

Cavalaria sérvia na batalha do rio Drina, na aldeia de Yagar, no início de setembro de 1914.

Tropas sérvias a caminho da batalha do Drina.

PRIMEIRA BATALHA DOS LAGOS MASURIANOS | 9 A 14 DE SETEMBRO |

Ocorrido uma semana após a Batalha de Tannenberg, este confronto atrapalhou os planos da Rússia para a primavera de 1915. Foi travado na frente oriental e terminou com a expulsão do I Exército Russo da Prússia Oriental.

Membros do 8º Exército alemão durante a batalha.

Os generais Hindenburg e Ludendorff, comandante do 8° Exército Alemão.

Prisioneiros russos na estação de Tilsit. (Berliner Illustrierte Zeitung: 27 de setembro de 1914).

CERCO A ANTUÉRPIA | 28 DE SETEMBRO A 10 DE OUTUBRO |

Esta batalha ocorrida entre as forças alemãs contra as tropas belgas, britânicas e francesas, os soldados alemães cercaram uma guarnição de tropas belgas, o exército terrestre belga e a Divisão Naval Britânica em Antuérpia, após a invasão belga em agosto de 1914. No entanto, os combatentes belgas interromperam os planos da Alemanha de enviar soldados à França.

Posições de artilharia belga em Antuérpia.

Cartão-postal que retrata a ofensiva contra Antuérpia, em outubro de 1914.

Propaganda postal para a conquista de Antuérpia, outubro 1914.

Operários da morte: um Feldkanone M96 de 7,7 cm e sua equipe de operação.

Soldados belgas em Antuérpia, em 1914.

Canhão Big Bertha, usado para bombardear os fortes de Antuérpia em 1914.

Zeppelin alemão durante o bombardeio de Antuérpia, na noite de 25 e madrugada de 26 de agosto de 1914.

Soldados belgas e britânicos tentam chegar a Antuérpia por barco, em óleo de Willy Stöwer.

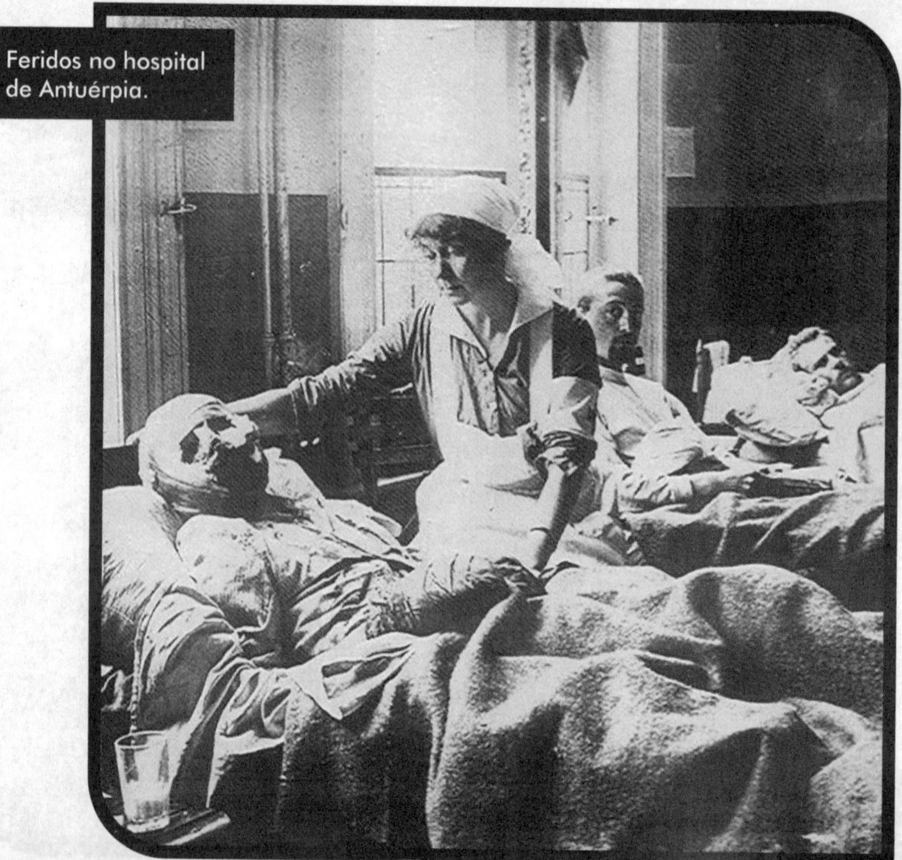
Feridos no hospital de Antuérpia.

BATALHA DO RIO VÍSTULA OU BATALHA DE VARSÓVIA

|29 DE SETEMBRO A 31 DE OUTUBRO|

Este confronto teve seu fim com uma vitória da Rússia sobre o Império Alemão na Frente Oriental.

Soldados russos cruzam o rio Vístula em 1914.

Soldados russos que combateram no Vístula.

PRIMEIRA BATALHA DE ARRAS

|1 A 4 DE OUTUBRO|

Foi uma tentativa de o exército francês flanquear o alemão para evitar que este avançasse até ao Canal da Mancha durante a Corrida para o Mar. No entanto, os franceses fracassaram e, em 4 de outubro, acabaram perdendo Lens, fato que permitiu o avanço dos soldados alemães mais para norte, em direção a Flandres.

Soldados alemães a guardar a entrada de uma trincheira na linha da frente.

BATALHA DE YSER

|16 A 31 DE OUTUBRO|

A linha dessa batalha, cuja extensão foi de 35 quilômetros do rio Yser até o canal Yperlee, na Bélgica, teve uma forte defesa por parte do contingente do exército belga que, mesmo com pesadas baixas, deteve o avanço alemão. A vitória permitiu que os belgas assumissem o controle de uma pequena parte do território.

O "Fim da Linha": a Frente Ocidental atinge o mar, próximo a Nieuwpoort, Bélgica.

Representação por A. Tolmer de soldados alemães que fugiam das forças belgas na batalha do Yser.

Fuzileiros navais franceses em Yser.

PRIMEIRA BATALHA DE YPRES | 19 DE OUTUBRO A 24 DE NOVEMBRO |

Foi a última grande batalha do início da Primeira Guerra. Por conta da estagnação da guerra de trincheiras, o alto-comando alemão pensou em romper o dispositivo do inimigo e garantir a vitória sobre os aliados. Para isso, apostou em uma ofensiva no outono de 1914, porém, o ataque resultou na morte de mais de cem mil homens alemães, muitos dos quais seus comandantes. A frente ficou estável no corte do rio Yser e de seu canal ao sul.

Langemarck, outubro de 1914.

Representação da 2° Cia Nonne Bosschen, derrotando a Guarda prussiana de 1914 (W. B. Wollen)

BATALHA DE ŁÓDŹ | 11 DE NOVEMBRO A 6 DE DEZEMBRO |

Travado perto da cidade de Łódź, na Polônia, o combate ocorreu entre o Nono Exército alemão e o Primeiro, Segundo e Quinto Exércitos russos, em terríveis condições de inverno, terminando em vantagem para os alemães.

Soldados alemães em Łódź, em dezembro de 1914.

Tropas alemãs tomando a cidade de Łódź.

BATALHA DE CORONEL | 1 DE NOVEMBRO |

Esta batalha naval ocorreu próxima à cidade de Coronel, na costa chilena. Sob o comando do vice-almirante Maximilian von Spee, a Marinha Imperial alemã venceu um esquadrão da Marinha Real britânica, liderado pelo contra-almirante Christopher Cradock. O espanto causado pela derrota britânica levou o Reino Unido a enviar mais navios ao oceano Pacífico.

Esquadrão alemão deixando Valparaíso, em 3 de novembro de 1914, após a batalha. SMS Scharnhorst e SMS Gneisenau lideram o grupo seguido pelo SMS Nürnberg. Ao fundo estão os cruzadores chilenos Esmeralda, O'Higgins, Blanco Encalada e o cruzador pesado Capitán Prat.

A batalha de Coronel em pinturas de Hans Bohrdt.

BATALHA DE KOLUBARA | 16 DE NOVEMBRO A 15 DE DEZEMBRO |

Na Batalha de Kolubara, travada entre os exércitos da Sérvia e da Áustria-Hungria, os sérvios saíram vitoriosos, repelindo o exército austro-húngaro para além das suas fronteiras.

O Real Regimento de infantaria Albrecht von Württemberg Nr. 73, na Batalha de Kolubara em dezembro de 1914.

Soldados sérvios a atravessar o rio Kolubara.

Tropas sérvias em marcha, c. 1914.

Soldados austro-húngaros ao lado de peças capturadas da artilharia sérvia.

Combatentes sérvios na ilha de Ada Ciganlija, em Belgrado.

BATALHA DAS MALVINAS | 8 DE DEZEMBRO |

Após a derrota na Batalha de Coronel para os alemães, em 1 de novembro, os britânicos lançaram uma grande força no encalço do esquadrão alemão. O confronto levou o nome de Batalha das Malvinas e resultou na vitória da Marinha Real Britânica.

O cruzador SMS Gneisenau, afundado na Batalha das Ilhas Malvinas.

Confronto naval durante a Batalha das Malvinas em 1914. Obra de William Lionel Wyllie.

O Inflexible no resgate de sobreviventes de Gneisenau, pouco depois das 18:00.

BATALHA DE GIVENCHY |18 A 22 DE DEZEMBRO|

Parte da Primeira Batalha de Champagne, os combates travados ao redor do vilarejo de Givenchy contaram com apoio de tropas indianas.

Reforços indianos que lutaram em Givenchy, dezembro 1914.

PRIMEIRA BATALHA DE CHAMPAGNE |20 DE DEZEMBRO DE 1914 A 17 DE MARÇO DE 1915|

Foi a primeira investida significativa das tropas aliadas contra os alemães desde o início da Guerra de trincheiras, estabelecida depois da Corrida para o Mar.

Esperando pelo ataque nas trincheiras.

BATALHA DE SARIKAMISH

|22 DE DEZEMBRO DE 1914 A 17 DE JANEIRO DE 1915|

Ocorrida na frente oriental, envolveu os exércitos dos impérios russo e otomano, resultando na vitória dos russos. As forças otomanas sofreram pesadas baixas, uma vez que não suportaram as condições de inverno das montanhas.

Tropas russas na floresta, em Sarikamish.

Posição da metralhadora turca na Frente Oriental no início de 1915.

Batalhão armênio, em Sarikamish.

Membros do 3º Exército otomano.

Cartaz da propaganda russa comemora a batalha.

Nushan Sahagian, um voluntário armênio de 13 anos de idade, que ganhou uma medalha por sua bravura em Sarikamish.

1915

BATALHA DE DOGGER BANK |24 DE JANEIRO|

Travada entre esquadrões britânicos e alemães no Banco de Dogger, no Mar do Norte, esta batalha naval resultou em uma significativa vitória britânica. Após sofrerem diversos ataques de navios de guerra britânicos, os alemães perderam o cruzador Blücher e a maior parte de sua tripulação.

Cruzadores alemães (E-D) Derfflinger, Moltke e Seydlitz a caminho de Dogger Bank.

O SMS Blücher rola para o lado em seu naufrágio, enquanto a tripulação tenta se manter no casco do cruzador.

BATALHA DE NEUVE-CHAPELLE

|10 A 13 DE MARÇO|

A Batalha de Neuve Chapelle foi uma ofensiva britânica na região de Artois que rompeu as defesas alemãs em Neuve-Chapelle, mas os britânicos não souberam explorar a vantagem que obtiveram.

Sacrifício no campo de batalha: soldado alemão morto em Neuve Chapelle.

SEGUNDA BATALHA DE YPRES

|22 DE ABRIL A 25 DE MAIO|

As diversas batalhas travadas entre tropas da França, Reino Unido, Austrália e Canadá contra o Império alemão contaram, pela primeira vez, com o uso de gás clorídrico como arma de guerra, lançado pelas forças alemãs. Também foi a primeira vez em que uma força colonial (canadenses e australianos) enfrentou uma potência europeia em solo europeu.

Foto noturna de uma barragem alemã às trincheiras aliadas em Ypres. (provavelmente na 2ª Batalha de Ypres).

Ruínas da praça do mercado de Ypres, após a segunda batalha.

Parte do conjunto de fotografias tiradas por Frank Hurley mostrando a bateria australiana em ação com um canhão Howitzer de 9,2 polegadas (Frente Ocidental, área de Ypres, Bélgica).

Equipe de metralhadora da Royal Marine Artillery descarregando um canhão Howitzer de15 polegadas, no Setor de Ypres. Estas ogivas pesam cerca de 635 kg e sua explosão abre uma cratera média de mais de cinco metros de profundidade e quinze metros de diâmetro, lançando estilhaços e fragmentos por um raio superior a 800 metros. O cão sentado numa das ogivas foi adotado pelos artilheiros e costumava dormir sob o canhão à noite.

CAMPANHA DE GALÍPOLI

| 17 DE FEVEREIRO DE 1915 A 9 DE JANEIRO DE 1916 |

Também chamada de Batalha ou Campanha dos Dardanelos, ocorreu na península de Galípoli (Turquia), sendo considerada como uma das campanhas mais sangrentas da Grande Guerra. Forças britânicas, francesas, australianas e neozelandesas desembarcaram em Galípoli, numa tentativa de invasão da Turquia e captura do estreito de Dardanelos, mas a tentativa fracassou, com muitas mortes para ambos os lados. Os aliados partiram em retiraram entre dezembro de 1915 e janeiro de 1916. As divisões ANZAC (Australian and New Zealand Army Corps) foram especialmente prejudicadas e acusaram os oficiais britânicos de arrogância, crueldade e inaptidão.

Mustafa Kemal (Atatürk) nas trincheiras de Galípoli durante a Primeira Guerra Mundial. Depois da guerra, Kemal foi o fundador da República da Turquia.

Soldado britânico no túmulo de um colega perto do Cabo Helles, Gallipoli (01.11.1915)

Divisões ANZAC desembarcam em Galípoli, 1915.

Tropas aliadas desembarcam.

Soldados ANZAC feridos são socorridos.

Fuzileiros britânicos deixam as trincheiras para um ataque de baioneta contra os turcos em Galípoli.

Marechal de Campo Kitchener e General Birdwood inspecionam a frente em [illegible] de novembro de 1915, durante a Campanha de Galípoli.

A frota de Dardanelos.

Dragagem de minas nos Dardanelos, em 1915, por tropas britânicas e francesas.

O naufrágio do navio Bouvet nos Dardanelos, na concepção de Diyarbakir Tahsin Bey.

Tropas francesas chegando à ilha grega Lemnos, em 1915, durante a Campanha de Galípoli.

Artilharia pesada alemã em Galípoli (1915).

Posição de metralhadora turca com oficiais alemães dando assistência durante os combates nos Dardanelos, Turquia.

Artilharia pesada turca bombardeia o posto britânico de observação Mavro, em Rabbit Island, na entrada do estreito de Dardanelos (1915).

Canhão britânico de 127 mm ("60 pounder") disparando em posições otomanas em Cape Helles, em junho 1915.

Metralhadora britânica equipada com um periscópio.

Soldado francês saindo da trincheira durante um ataque em Dardanelos.

Fotografia tirada em Anzac durante a trégua de 24 de maio de 1915 arranjada para recuperar e enterrar os corpos caídos na "terra de ninguém", como era chamado o espaço desocupado entre as trincheiras inimigas.

O comandante otomano da Campanha de Dardanelos Esat Pasha dá ordens às baterias de artilharia em Anzac Cove.

O tenente-general australiano Sir Leslie James Morshead, cuja carreira militar abrangeu as duas guerras mundiais, numa trincheira depois da batalha, examina corpos de soldados australianos e otomanos mortos no combate.

Prisioneiros otomanos sendo interrogados por soldados britânicos.

Soldados britânicos que sofreram queimaduras devido às fortes geadas recuperam-se deitados sobre feno num abrigo feito de caixas de biscoito, na Baía de Suvla, Galípoli, em novembro de 1915.

Esta imagem foi feita pouco antes da evacuação de Anzac. Aqui, tropas australianas atacam uma trincheira turca durante a Campanha de Dardanelos. Contudo, encontraram a posição vazia, pois os turcos a tinham abandonado.

W Beach (Lancashire Landing) no Cabo Helles, Galípoli, 7 de janeiro de 1916, pouco antes da evacuação final das forças britânicas durante a Batalha de Galípoli. Ao fundo, à esquerda, a explosão de uma bomba turca na água, disparada a partir da costa asiática dos Dardanelos, pode ser vista.

Canhão francês de 75 mm em ação perto Sedd el Bahr durante a terceira batalha de Krithia, travada em 4 de junho de 1915 como parte da Campanha de Galípoli.

Crianças gregas ao lado dos ossos de soldados mortos em 1915 durante a Campanha de Galípoli. A foto foi tirada em 1919 pelo tenente Ernest Brooks.

OFENSIVA GORLICE-TARNÓW | 1 DE MAIO A 18 DE SETEMBRO |

Inicialmente, esta ofensiva foi considerada como uma ação alemã para abrandar a pressão da Rússia sobre os austro-húngaros na Frente Oriental, mas acabou resultando na ruína total das linhas russas. A série contínua de ações iniciou em maio e chegou ao fim somente em setembro, por conta do mau tempo.

Prisioneiros de guerra russos depois da batalha.

Ofensiva da infantaria alemã.

Russos feridos indo para a retaguarda: as ambulâncias eram raras na Rússia e os feridos tinham muitas vezes de viajar por dois ou três dias em carroças de camponeses até os hospitais de campo.

Radko Dimitriev, comandante do 3° Exército russo.

SEGUNDA BATALHA DE ARTOIS | 9 A 15 DE MAIO |

A Segunda Batalha de Artois teve como objetivo a recaptura por parte dos aliados de uma posição defensiva estabelecida em 1914 pelos alemães entre Rheims e Amiens, o que ameaçava as comunicações entre Paris e do norte da França. Um avanço francês em Artois poderia cortar as linhas ferroviárias que abasteciam os exércitos alemães entre Arras e Rheims.

A batalha foi travada durante a ofensiva alemã da Segunda Batalha de Ypres. O ataque francês inicial rompeu e capturou o monte Vimy, mas unidades de reserva não conseguiram reforçar as tropas no cume, e os contra-ataques alemães os forçaram a se retirar.

Os ataques britânicos em Festubert forçaram os alemães a recuar por três quilômetros, à custa de muitas baixas de ambos os lados. Em 18 de junho, a ofensiva principal foi interrompida. A ofensiva francesa avançou cerca de três quilômetros, tendo disparado 2.155.862 ogivas e perdido 102.500 soldados. Por sua vez, o 6° Exército alemão perdeu 73 mil homens.

A luta encarniçada entre alemães e franceses pela tomada do terreno elevado em Loretto-Höhe.

Em 11 de março, Major Hermann von der Lieth-Thomsen foi nomeado Chefe das Forças Aéreas alemãs, formando cinco novas unidades aéreas na Alemanha para fornecer substituições e acelerar a introdução de novas aeronaves Fokker EI.

A tomada da vila de Carency.

A antes bucólica Carency.

As ruínas de Carency.

PRIMEIRA BATALHA DE ISONZO |23 DE JUNHO A 7 DE JULHO|

Este confronto envolveu a Itália e a Áustria-Hungria na Campanha Italiana da Primeira Guerra Mundial. O intuito das forças italianas era repelir os austríacos para longe de suas posições defensivas em Soca (Isonzo). Embora os italianos contassem com uma superioridade numérica de 2 para 1, sua ofensiva fracassou, uma vez que os austríacos tinham a vantagem de lutar em posições elevadas, bloqueadas com arame farpado, que foram capazes de resistir facilmente aos ataques inimigos.

Nos anos seguintes, houve mais 11 batalhas entre os exércitos austro-húngaro e italiano na região, hoje território da atual Eslovênia e ao longo do rio Isonzo no setor oriental da Frente italiana entre junho de 1915 e novembro 1917.

O Isonzo em Gorizia com a ponte ferroviária destruída.

Trincheiras austro-húngaras na Soca (Isonzo).

BATALHA DE VARSÓVIA

| 17 DE AGOSTO A 14 DE SETEMBRO |

Conhecida, também, como a Grande Retirada Russa, teve início quando as forças do Império Russo se retiraram da Galícia e da Polônia. Em 13 de julho, todo o exército russo havia conseguido se retirar, deixando apenas um pequeno contingente em Varsóvia e na fortaleza Ivangorov, que também acabaram capturados pelo exército alemão.

A cavalaria alemã entra em Varsóvia, em 5 de agosto de 1915.

Trincheira da retaguarda russa durante a retirada.

BATALHA DE LOOS | 25 A 28 DE SETEMBRO |

A batalha de Loos foi uma das principais ofensivas britânicas na Frente Ocidental em 1915. Foi a primeira vez que os britânicos utilizaram gás tóxico durante a guerra.

A infantaria britânica avança através de gás mostarda em Loos, em 25 de setembro de 1915.

SEGUNDA BATALHA DE CHAMPAGNE | 25 DE SETEMBRO A 6 DE NOVEMBRO |

O resultado dessa batalha foi desastroso para os franceses, que após algumas ofensivas e contraofensivas dos alemães, perderam todos os postos conquistados, além de terem sofrido 145 mil baixas, metade do número de mortes dos inimigos.

Distribuição de pão para prisioneiros alemães, 26 de setembro.

Os líderes do Exército francês Joseph Joffre (à esquerda) em conversa com Fernand de Langle de Cary (centro) e Adolphe Guillaumat.

Trincheiras da linha de frente em Champagne (1915).

A logística é um elemento essencial para garantir a vitória nas grandes batalhas. Aqui, a estação de reabastecimento francesa em Sainte-Menehould, durante a Batalha de Champagne.

Preparação de artilharia, morteiros 220 mm, durante o combate, em 26 de setembro.

A Aviação de Guerra

A primeira batalha aérea da guerra – e também a primeira da história – foi travada durante a Batalha de Monte Cer, ainda em 1914. O engajamento aconteceu quando um aviador sérvio, Miodrag Tomić, fazia reconhecimento aéreo sobre as posições inimigas. Tomić cruzou um avião austro-húngaro. O piloto acenou e Tomić respondeu a saudação. Mas, apesar do gesto inicial ter sido cortês, o piloto austro-húngaro sacou seu revólver e começou a disparar contra o sérvio. Tomić conseguiu escapar. O episódio, porém, levou a uma inovação: em poucas semanas, todos os aviões, tanto dos aliados como dos Poderes Centrais, foram equipados com metralhadoras, inicialmente acima das asas.

Uma das primeiras tentativas de montar uma metralhadora na proa de um Morane-Saulnier L francês.

A imagem mostra o primeiro avião armado do Exército sérvio, em 1915. O avião é Bleriot XI-2, o piloto é Tomić e o observador é Mihajlović. Os caracteres cirílicos, em letra latinas OLUJ, significa "tempestade". Os sérvios estão entre os primeiros a armar seus aviões para combates aéreos.

Soldados búlgaros em posição para disparar contra um avião em aproximação, no Front Sul.

Autocromo de um caça Nieuport, em Aisne, França (c.1916).

Fokker M.5K / MG número de série militar "E.5 / 15" das forças alemãs.

O lento, B. E. 2c continuou em serviço até 1916; embora fosse estável, era considerado um "alvo voador" para os pilotos alemães.

The War Budget,
December 30th, 1915.

The Girl Behind the Gun

The Girl Tommy Atkins left behind him has enlisted in the great Munition Corps with " barracks " all over the country. There are now few processes in shell and cartridge manufacture with which women cannot be trusted. Above, percussion caps are being fitted, and below is a section of the testing room, where girls are gauging the shell cases as they pass along on a travelling belt.

201

Esta página da edição de 30 de dezembro de 1915 da revista Inglesa War mostra mulheres britânicas trabalhando em fábricas de munição. Ao lado: instalação das tampas nas bombas; abaixo: inspeção final das ogivas.

"As mulheres estão trabalhando dia e noite para ganhar a guerra / Witherby & Co. London.1915": pôster exortando as mulheres a participar do esforço de guerra britânico, publicado na revista da Associação Cristã de Moças.

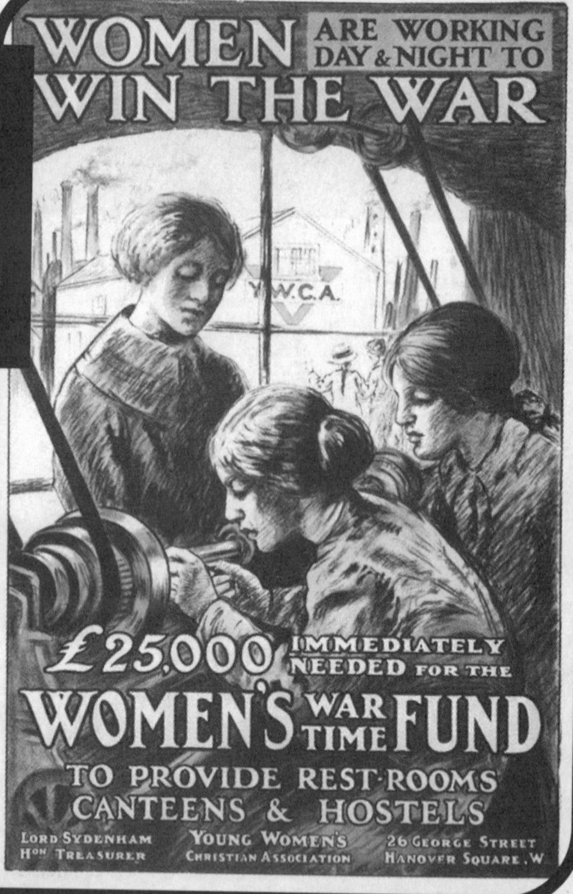

Mulheres alemãs trabalhando no esforço de guerra (c. 1917): assistentes de comunicações da Frente Ocidental a caminho para o trabalho.

1916

BATALHA DE VERDUN | 21 DE FEVEREIRO A 18 DE DEZEMBRO |

Um dos principais confrontos da Primeira Guerra Mundial na Frente Ocidental colocou frente a frente o exército alemão e as tropas francesas num terreno íngreme ao norte da cidade de Verdun-sur-Meuse, nordeste de França. Foi a batalha mais longa, e uma das mais devastadoras em termos de baixas, da Primeira Guerra Mundial e da história militar. Embora não se tenha os números exatos, estima-se que 714.321 homens perderam suas vidas na batalha – 377.231 do lado francês e 337.000 do alemão.

As tropas francesas atacam sob fogo de artilharia, na ravina Fleury.

Bateria francesa dispara contra forças alemãs, em Verdun.

Execução de um desertor francês em Verdun.

O campo de batalha em Verdun, a partir do Fort de la Chaume.

Verdun, na concepção de Félix Vallotton (1865-1925).

Reservas atravessando um rio a caminho de Verdun. "Eles não passarão" é uma frase que sempre estará associada com a defesa heroica de Verdun.

BATALHA DE BITLIS

2 DE MARÇO A 24 DE AGOSTO

A Batalha de Bitlis foi, de fato, uma série de confrontos ocorridos durante o verão de 1916, na cidade de Bitlis, na atual Turquia, entre as forças russas e otomanas. Bitlis foi conquistada pelos russos em 2 de março de 1916 com apoio de voluntários armênios. Imediatamente, os otomanos, sob comando de Kemal Atatürk, iniciaram uma reação e retomaram Bitlis, em 15 de agosto, depois de ter expulsado o exército de Nikolai Yudenitch. O contra-ataque turco só foi interrompido em Gevash, em 24 de agosto. Bitlis foi a primeira batalha em que o Exército Otomano teve sucesso contra os russos.

Forças otomanas comandadas por Kemal Atatürk, em Bitlis.

Mustafa Kemal Atatürk (1881 — 1938), um militar e revolucionário que demonstrou seus talentos na Primeira Guerra, foi o fundador da República da Turquia. Como primeiro presidente da Turquia, Atatürk lançou um programa de reformas políticas, econômicas e culturais, buscando transformar as ruínas do Império otomano numa nação democrática e secular. Os princípios das reformas de Atatürk, chamados de "kemalismo", continuam a ser a fundação política do Estado turco moderno.

Mustafa Kemal Atatürk, enquanto Comandante do Exército.

Tropas russas e voluntários armênios sob o comando do Coronel Antranik, herói nacional armênio, marchando em Bitlis. Antranik foi condecorado pelo governo russo pela sua participação na captura de Bitlis.

BATALHA DA JUTLÂNDIA | 31 DE MAIO A 1 DE JUNHO |

Foi o maior combate naval da Grande Guerra, além do único confronto em grande escala entre couraçados do conflito. Foi também o último combate em grande escala entre couraçados. Alguns historiadores acreditam que a batalha entre as esquadras britânica e alemã na costa da península da Jutlândia, na Dinamarca, tenha sido a maior batalha naval já vista. Não se pode dizer que houve um vencedor, pois os dois lados sofreram graves perdas. No entanto, com os danos à frota alemã, os britânicos continuaram controlando o mar.

A 2ª Divisão da Esquadra da Grande Frota: O rei George V seguido de Thunderer, Monarch e Conqueror.

Explosão do navio HMS Queen Mary na batalha da Jutlândia.

Disparo de um torpedo alemão.

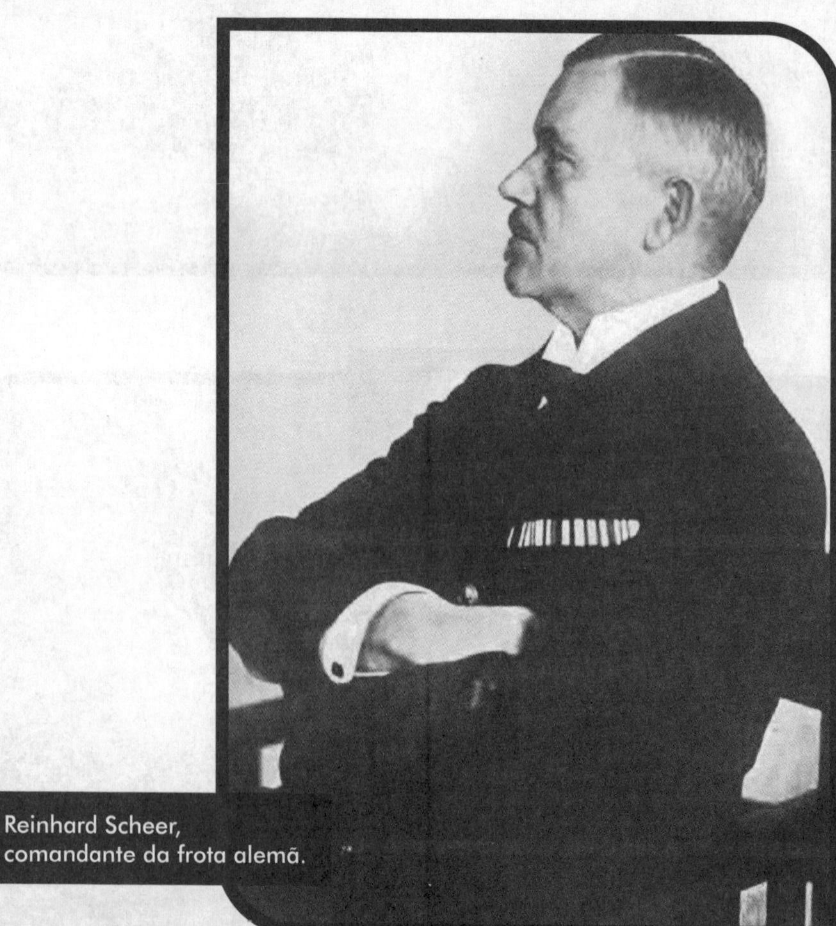

Reinhard Scheer,
comandante da frota alemã.

Franz Hipper, comandante da esquadra alemã de cruzadores.

John Jellicoe, comandante da frota britânica.

David Beatty, comandante da frota britânica de cruzadores.

HMS Warspite e Malásia, visto do HMS Valiant em cerca de 14:00h.

A terceira torre do cruzador Lion atingida por uma granada de 30,5 centímetros que perfurou a torre na junção da placa de couraça e detonou acima do cano da arma.

Incêndio na nau capitânia Lion de Beatty após ser atingido por uma salva do Lützow.

O HMS Indefatigable afunda depois de ser atingido por tiros do cruzador alemão Von der Tann.

A explosão do HMS Queen Mary.

O Invencible explode depois de ser atingido pelos canhões do Lützow e do Derfflinger.

O HMS Birmingham em chamas.

SMS Seydlitz foi fortemente danificado na batalha, atingido por 21 tiros dos canhões principais, várias das armas de calibre secundário e por um torpedo. Noventa e oito homens morreram e 55 foram feridos.

Um tripulante do SMS Westfalen.

BATALHA DE DOBERDÒ

|6 DE AGOSTO|

Um dos mais sangrentos campos de combate da Grande Guerra foi também a sexta das 12 batalhas de Isonzo. O confronto envolveu os exércitos italiano e austro-húngaro. Os italianos tentaram avançar sobre o Planalto de Carso, buscando ganhar o controle sobre a estrada principal que liga o porto de Trieste à cidade de Gorizia. Depois de violentos combates e enormes baixas, eles tiveram sucesso em suas tentativas. As forças austro-húngaras recuaram e Gorizia caiu nas mãos dos italianos. Eles, no entanto, não conseguiram continuar o avanço até Trieste, sendo detidos perto de Duino.

A Batalha de Doberdó, entre o exército italiano e austro-húngaro, por R.A. Höger (1873-1930).

OFENSIVA BRUSILOV

|4 DE JUNHO A 20 DE SETEMBRO|

Foi a maior conquista do Império Russo durante a Primeira Guerra Mundial e uma das mais cruéis batalhas da história, considerada por alguns estudiosos como a maior vitória da Tríplice Entente. A grande investida contra os exércitos dos Impérios Centrais na Frente Oriental promovida pelos russos teve lugar no que hoje é território ucraniano. Recebeu seu nome de um comandante da frente sudoeste, Aleksei Brusilov (1853 – 1926), que desenvolveu as estratégias que garantiram a vitória dos russos.

Soldados austro-húngaros entregando as tropas russas na fronteira romena.

O Conselho Militar russo em 1 de abril de 1916: generais Ivanov (no canto direito de barba), Klimovsky, Brusilov (de bigode branco), o czar Nicolau II (no centro), generais Kuropatkin, Sievers e Pustovoitenko, o ministro da Guerra Shuvayev e os generais Alekseyev e Evert.

O general russo Aleksei Brusilov, em 1916.

BATALHA DO SOMME | 1 DE JULHO A 18 DE NOVEMBRO |

A ofensiva anglo-francesa teve o propósito de romper as linhas de defesa alemãs estacionadas na região do Rio Somme, na França. As baixas foram significativas para ambos os lados, sobretudo para a Grã-Bretanha. Só no primeiro dia, os britânicos tiveram 57.470 baixas (19.240 mortos) – o combate mais sangrento na história do exército britânico. No total, a batalha resultou em mais de 1,2 milhão de vítimas entre mortos e feridos, em cinco meses de combate, numa das operações militares mais violentas da história da humanidade.

Membros do 1° Batalhão dos Reais Rifles irlandeses numa trincheira de comunicação, no primeiro dia das operações no Somme, 1916.

O presidente francês Raymond Poincaré e o Marechal Joseph Joffre visitam a frente durante a Batalha do Somme, em 1916.

Britânicos feridos perto de Bernafay Wood, (julho 1916) durante a Batalha do Somme. Um prisioneiro alemão ajuda um soldado inimigo a caminho para um posto médico na Floresta Bernafay.

Infantaria britânica do Regimento de Wiltshire atacando perto de Thiepval, em 7 de agosto de 1916, durante a Batalha do Somme.

Uma trincheira alemã ocupada por homens do 11° Batalhão do Regimento de Cheshire perto da estrada Albert-Bapaume no Ovillers-la-Boisselle, julho de 1916, durante a Batalha do Somme.

Batalhão das Escolas Públicas (16° Batalhão, o Regimento de Middlesex) formado por professores e funcionários voluntários.

Equipe de metralhadora Vickers usando máscaras de gás, perto Ovillers, em julho 1916.

Homens do Regimento Real Warwickshire descansam exaustos na retaguarda da ação.

Obuses de oito polegadas da Royal Garrison Artillery, em ação no Vale do Fricourt-Mametz, agosto de 1916, durante a Batalha do Somme. Obus é um tipo de canhão com um tubo relativamente curto que dispara projéteis explosivos em trajetórias curvas.

BATALHA DE FROMELLES

|19 E 20 DE JULHO|

Esta operação militar britânica na Frente Ocidental também foi conhecida como parte da Batalha do Somme. Os preparativos para o confronto foram feitos às pressas, as tropas envolvidas eram inexperientes em guerra de trincheiras e a força da defesa alemã foi bastante subestimada – um soldado britânico para dois alemães. Como resultado, o contra-ataque alemão forçou a retirada das tropas australianas para a linha da frente original.

Soldados britânicos mortos num ataque alemão com gás tóxico em 19 de junho durante a Batalha de Fromelles.

Fokker E.III Eindecker, usado na batalha.

Os membros do Batalhão 53, australiano; apenas três homens desse batalhão sobreviveram à batalha, mesmo assim, feridos.

Um bunker alemão em Fromelles.

BATALHA DE POZIÈRES

23 DE JULHO A 7 DE AGOSTO

A luta de duas semanas pelo vilarejo francês de Pozières marcou os estágios intermediários da Batalha do Somme. Embora as divisões britânicas estivessem envolvidas na maioria das fases da batalha, Pozières é lembrado principalmente como um combate travado pelos australianos que, com grande custo em termos de vidas, conquistaram seu objetivo.

Vista através do planalto Pozières durante a batalha.

O bunker "Gibraltar", Pozières, no final de agosto. Um grupo fadigado carregado com sacos de areia marcha para a luta em Mouquet Farm.

Estrada para Pozières: ao fundo, a aldeia de Contalmaison está sob fogo da artilharia alemã.

A vista do campo de batalha em direção a Mouquet Farm a partir de uma trincheira britânica.

Cartão-postal com soldados australianos carregando um canhão de 9.45 mm no planalto de Pozières. Os artilheiros foram identificados, da esquerda para a direita, como: sargento Daley; Albert Roy Kyle; Clift, artilheiro Lear, artilheiro Clive Talbot.

BATALHA DE GUILLEMONT

|3 A 6 DE SETEMBRO|

Foi um assalto britânico à vila de mesmo nome, controlada pelos alemães durante a Batalha do Somme. Em 3 de setembro, os britânicos capturaram Guillemont e, dois dias depois, Falfemont Farm. As unidades alemãs envolvidas lutaram até a morte nas trincheiras.
A captura de Guillemont enfraqueceu o controle alemão sobre este setor, permitindo que os britânicos lançassem sua próxima grande ofensiva numa frente ampla.

Bunker alemão com cama: os britânicos ficaram impressionados com o conforto disponível aos soldados inimigos.

A rua principal de Guillemont depois da batalha.

Obus de 9.2 polegadas no Vale Carnoy, durante a batalha.

A artilharia alemã respondendo ao fogo.

O avião de observação Albatros C.III usado em Guillemont.

Dirigível da classe S.S.

BATALHA DE GINCHY

9 DE SETEMBRO

A conquista da vila de Ginchy pela 16ª Divisão Irlandesa do Reino Unido cobrou um preço alto dos aliados. Os irlandeses sofreram pesadas baixas durante o combate: os sete batalhões irlandeses envolvidos na batalha perderam oito oficiais e 220 homens, dos quais seis oficiais e 61 homens pertenciam ao 9º Batalhão do Royal Dublin Fusiliers, que perdeu o maior número de combatentes. O sacrifício garantiu vantagem aos aliados. O bem-sucedido ataque, que capturou a aldeia na primeira tentativa, privou os alemães de seus postos de observação estratégica.

Bateria britânica em Contalmaison.

Obuses alemães de 15 centímetros.

Tropas avançam na Batalha de Ginchy.

Câmera de reconhecimento aéreo, operada pelo piloto de um B.E.2c.

Soldado alemão durante as operações em Ginchy.

OFENSIVA DE MONASTIR | 12 DE SETEMBRO A 11 DE DEZEMBRO |

A investida aliada pretendia derrotar de vez as forças dos Poderes Centrais na Frente da Macedônia, forçando a capitulação da Bulgária e aliviando a pressão sobre a Romênia. A ofensiva durou três meses e, após a captura da cidade de Monastir, chegou ao fim.

Ataque de infantaria búlgara na área de Bitola, em 1916.

Brigada russa em marcha na Macedônia.

Retirada do exército sérvio em direção à Albânia.

Tropas sérvias em retirada no inverno de 1915/16.

Soldados sérvios exaustos aguardam navios aliados para resgatá-los em fevereiro 1916.

Artilheiros franceses com canhão antiaéreo de 75 milímetros em Tessalônica.

1917

A ENTRADA DOS EUA NA GUERRA

Os aliados receberam um reforço decisivo com a entrada dos Estados Unidos na Guerra, em abril de 1917. O país enviou 2,1 milhões de soldados, o que permitiu novas ofensivas: a Segunda Batalha do Marne e a Ofensiva dos Cem Dias. A ação contou com seiscentos tanques de guerra e o apoio de oitocentos aviões. As ofensivas resultaram no colapso das forças germânicas, já esgotadas após quatro anos de luta.

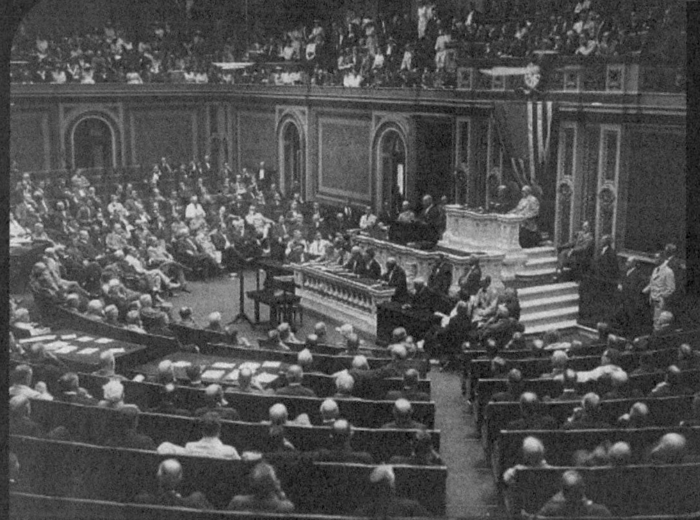

O Presidente Wilson anuncia, perante o Congresso, o rompimento de relações oficiais com a Alemanha, em 3 de fevereiro de 1917.

Voluntários registam-se respondendo ao recrutamento em Nova York, junho de 1917.

O famoso pôster de propaganda americana para recrutamento: "Tio Sam precisa de você", de James Montgomery Flagg.

Tropas americanas avançam colina acima na Frente Ocidental.

Americanos no campo de batalha durante a I Guerra Mundial.

Soldados americanos usando máscaras de gás.

TEATRO DO ORIENTE MÉDIO

O teatro no qual o Império Otomano se envolveu foi o do Oriente Médio, onde enfrentou principalmente os russos e os britânicos. Os franceses e os britânicos moveram a campanha de Galípoli, em 1915, e da Mesopotâmia, no ano seguinte. No entanto, depois de serem derrotados no Cerco de Kut, os britânicos se reorganizaram e conseguiram reconquistar Bagdá em março de 1917. Após a vitória na Batalha Romani, em agosto de 1916, a Força Expedicionária Egípcia do Império Britânico avançou através da Península do Sinai, derrotando o exército otomano nas Batalhas de Magdhaba e de Rafa, no Sinai egípcio e na Palestina otomana. A Revolta Árabe, iniciada em 1916 e bancada pelos britânicos, libertou a Península Arábica do jugo otomano. Diversas tribos nômades lideradas por Hussein bin Ali e apoiadas pelos britânicos acabaram por tomar Meca.

As tropas britânicas entram em Bagdá (março 1917), com Sir Frederick Stanley Maude à frente do exército indiano.

Forças britânicas em marcha na Mesopotâmia.

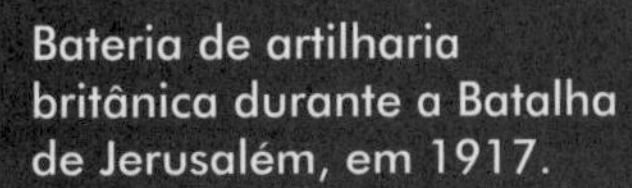

Bateria de artilharia britânica durante a Batalha de Jerusalém, em 1917.

Trincheiras turcas nas margens do Mar Morto.

Tropas da cavalaria curda.

O MASSACRE TURCO CONTRA OS ARMÊNIOS

O genocídio dos armênios pelo Império Otomano foi o primeiro genocídio moderno. Logo no começo da Guerra, oficiais das Forças Armadas chamados de "Jovens Turcos" assumiram a administração do governo otomano em 1908, e começaram a considerar a população armênia do império como inimiga, uma vez que este povo apoiou a Rússia (a maior inimiga dos turcos) no início da guerra, chegando a combater ao lado dos russos. O governo viu nesse fato um pretexto para outorgar uma Lei de Deportação, autorizando a retirada de toda a população armênia das províncias orientais do império para a Síria, entre 1915 e 1917. As deportações eram, na verdade, um pretexto para cruéis execuções em massa. Muito embora o número exato de vítimas seja desconhecido, calcula-se que entre 250 mil a 1,5 milhão de homens, mulheres e crianças armênias tenham sido executados.

Uma mãe armênia ao lado dos corpos de seus cinco filhos.

Os cadáveres dos muçulmanos presos no bairro armênio Erzincan e posteriormente queimados vivos em 12 de fevereiro de 1918, são transportados para um cemitério durante a Campanha do Cáucaso.

Vítimas do genocídio armênio.

BATALHA DE ARRAS

|9 DE ABRIL A 16 DE MAIO|

Foi uma ofensiva britânica que contou com tropas do Reino Unido, canadenses, neozelandesas, da Terra Nova e australianas. Os aliados atacaram as defesas alemãs, nas proximidades da cidade francesa de Arras, na Frente Ocidental. Quando a batalha terminou, oficialmente, a 16 de maio, as tropas do Império Britânico tinham avançado bastante no terreno, mas não tinham conseguido penetrar nas defesas alemãs - o principal intuito da investida.

Tropas alemãs com um tanque britânico capturado a 11 de abril, perto de Bullecourt.

BATALHA DE VIMY RIDGE

|9 A 12 DE ABRIL|

Este combate fez parte da fase de abertura da Batalha de Arras liderada pelos britânicos, um ataque realizado para apoiar a Ofensiva de Nivelle. O objetivo do Corpo Canadense era a captura e controle do terreno elevado. Os canadenses capturaram a maior parte da colina durante o primeiro dia do ataque. A cidade de Thélus foi tomada durante o segundo dia do ataque. O último objetivo, uma pequena posição situada no exterior da cidade de Givenchy-en-Gohelle, foi capturada a 12 de abril. As forças alemãs retiraram-se da linha de Oppy–Méricourt, abrindo espaço para o avanço dos aliados.

A Batalha de Vimy, pintura de Richard Jack.

BATALHA DE MESSINES

|7 A 14 DE JUNHO|

Prelúdio para a Terceira Batalha de Ypres, esta ofensiva foi comandada pelo Segundo Exército britânico. A ação forçou o exército alemão a mobilizar suas reservas das frentes de Arras e Aisne para a Flandres, o que tirou alguma pressão do Exército francês.

Caminhão australiano durante um bombardeio em Messines.

BATALHA DE PASSCHENDAELE OU TERCEIRA BATALHA DE YPRES

| 31 DE JULHO A 6 DE NOVEMBRO |

A Terceira Batalha de Ypres, também chamada de Batalha de Passchendaele, opôs os britânicos, bem como seus aliados canadenses, sul-africanos e unidades das Forças Armadas da Austrália e Nova Zelândia (ANZAC, conforme sigla em inglês), a forças do Império alemão, numa disputa pela região ao redor da cidade belga de Ypres. Passchendaele fica situada na última colina a leste de Ypres, próxima de um entroncamento ferroviário em Roulers, uma parte vital do sistema de abastecimentos do 4° Exército alemão, a qual os britânicos e seus aliados deveriam tomar. A campanha terminou em novembro quando o Corpo Canadense finalmente capturou Passchendaele.

Posto de observação francês.

Prisioneiros alemães.

Cortina de fogo.

Soldados canadenses carregam um obus.

Membros da Royal Marine Artillery carregam um obus de 15 polegadas perto da estrada de Menin durante a Terceira Batalha de Ypres.

Abrigo subterrâneo perto de Hooge Crater durante a terceira batalha de Ypres.

"Trazendo as Armas", óleo sobre tela de Harold Power (1917), retrata soldados da 101ª Bateria australiana transportando canhões durante Batalha de Passchendaele. A imagem transmite as dificuldades que os artilheiros britânicos e australianos enfrentaram num terreno tão revolvido pelos bombardeios incessantes que transportar as armas após cada avanço acabou se tornando um esforço sobre-humano.

Nesta fotografia composta, um cartão-postal da série "Our Boys at the Front" mostra uma carga de baioneta por tropas australianas e biplanos, em Passchendaele.

O soldado John "Barney" Hines do 45º Batalhão australiano cercado por equipamento alemão saqueado durante a batalha de Polygon Wood, parte da campanha de Passchendaele, em setembro de 1917. Ele está contando o dinheiro roubado de prisioneiros de guerra alemães, entre as armas e equipamentos pessoais do inimigo.

Soldados britânicos transportam um canhão em meio à lama perto Zillebeke, 9 de agosto de 1917.

Campanha de Ypres, Batalha de Poelcappelle: homens manuseando canhão de 18 libras através da lama perto Langemarck, 16 de outubro de 1917.

Tropas australianas em meio à devastação da guerra, em Ypres.

Um comboio de mulas atola na lama perto de Potijze Farm, Ypres: a lama foi um grande problema que os soldados que combateram na Terceira Batalha de Ypres enfrentaram.

Soldados da 4ª Divisão de Artilharia passando por Chateau Wood, perto Hooge no Ypres saliente, em 29 de outubro de 1917. O castelo foi bombardeado em 31 de outubro de 1914, quando todos os membros das três divisões britânicas que o usavam como quartel foram mortos. As ruínas foram reconquistadas várias vezes tanto pelos alemães como pelos aliados. Hooge é, atualmente, um memorial.

BATALHA DE MĂRĂȘEȘTI | 6 DE AGOSTO A 8 DE SETEMBRO |

A batalha de Mărăşeşti foi a última grande batalha entre o Império alemão e o Reino da Romênia na frente romena. A Romênia foi ocupada pelas Potências Centrais, mas a batalha de Mărăşeşti garantiu que a região nordeste do país permanecesse livre de ocupação

Tropas romenas durante a batalha de Mărașești.

O marechal Joseph Joffre, comandante do exército francês na Primeira Guerra Mundial, durante os anos de 1914 a 1916, inspecionando tropas romenas.

A SAÍDA DA RÚSSIA DA GUERRA

Após a Revolução de Outubro de 1917, quando os bolcheviques tomaram o poder, a Rússia estava enfraquecida pelas crises internas e pela sua participação no conflito internacional que grassava na Europa. Para realizar os planos de recuperação e desenvolvimento econômico social, os quais incluíam um sistema de saúde gratuito para toda a população, a garantia dos direitos das mulheres e o fim do analfabetismo, o novo governo bolchevique tinha antes de tirar a Rússia da Primeira Guerra Mundial. Para tanto, as autoridades russas assinaram o desvantajoso Tratado de Brest-Litovski, sob o qual a Rússia perdia importantes territórios para a Alemanha, como a Estônia, a Lituânia, a Ucrânia e a Finlândia.

Caricatura de Mikhail Romanov, irmão do czar Nicolau II e comandante da Divisão Selvagem, um corpo de voluntários, no início de 1917, reproduzida na imprensa russa, após a Revolução de Fevereiro, brinca com a desmotivação dos soldados do império. O ajudante-geral, o grão-duque, pergunta ao comandante: " Você tem certeza, Mikhail? O Exército hoje está em greve!".

Soldado leal ao czar tenta deter dois desertores

Batalha de Galicia Lubok.

Um carro blindado russo (c. 1917).

Assinatura do Tratado de Brest-Litovski em 9 de fevereiro de 1918.

1918

A OFENSIVA DE VARDAR

A ofensiva foi realizada durante a fase final da Campanha dos Bálcãs, quando, em 15 de setembro, uma força combinada de tropas sérvias, francesas e gregas atacou as trincheiras búlgaras em Dobro Pole, na atual República da Macedônia. O fogo de artilharia anterior ao ataque teve efeitos devastadores sobre o moral dos búlgaros e acabou levando a deserções em massa. Embora os búlgaros tenham, em seguida, conseguido deter o avanço dos aliados no setor da Doiran, o colapso da frente de Dobro Pole forçou os defensores a se retirar de Doiran. A ofensiva levou a Bulgária a assinar o Armistício de Salônica e a retirar-se da guerra. A queda da Bulgária virou o equilíbrio estratégico e operacional da guerra contra as Potências Centrais.

Soldados alemães em Rio Crna na Macedônia, em 1918.

Uma estação telefônica búlgara com periscópio de trincheira observando a posição do inimigo na frente de Doiran.

Forças britânicas na Campanha de Tessalônica disparam canhão de 18 libras a partir de uma posição camuflada na frente Doiran.

OFENSIVA DA PRIMAVERA | 21 DE MARÇO A 18 DE JULHO |

Em 1918, com a saída da Rússia do conflito, marcando o fim da guerra no leste, os alemães puderam empregar na frente ocidental as forças liberadas no front oriental. Por conta disso, lançaram a Ofensiva da Primavera. Usando novas táticas de infiltração, os alemães avançaram cerca de 100 km a oeste – o maior avanço realizado por qualquer exército na frente ocidental. A Ofensiva da Primavera quase teve sucesso em romper as linhas dos aliados. Estes, porém, conseguiram resistir.

Soldados da 55ª Divisão britânica (West Lancashire) feridos por gás lacrimogêneo esperam tratamento num posto médico avançado perto de Bethune, durante a batalha de Estaires, em 10 de abril de 1918, parte da ofensiva alemã em Flandres.

Tanque alemão A7V em Roye, em 21 de Março de 1918, primeiro dia da Ofensiva da Primavera.

Prisioneiros de guerra portugueses.

Prisioneiros alemães sob custódia de tropas australianas, em 23 de abril de 1918.

Alemães a passar por uma trincheira capturada pelos britânicos.

BATALHA DE LA LYS

|9 A 29 DE ABRIL|

Travado durante a Ofensiva da Primavera, este confronto marcou negativamente a participação de Portugal na Primeira Guerra Mundial. A derrota que os exércitos alemães infligiram às tropas portuguesas foi o maior desastre militar do país depois da Batalha de Alcácer-Quibir, em 1578.

Trincheiras em La Lys.

SEGUNDA BATALHA DO MARNE | 27 DE MAIO A 6 DE AGOSTO |

Também chamada de Batalha de Reims, foi a última investida alemã significativa na Frente Ocidental. No entanto, o contra-ataque dos aliados, sob o comando das forças francesas e contando com centenas de tanques, neutralizou a ação alemã, infligindo pesadas baixas. A derrota dos soldados alemães deu início ao avanço implacável dos aliados na chamada Ofensiva dos Cem Dias, cujo desfecho foi o armistício.

Soldados franceses sob o general Gouraud disparam metralhadoras entre as ruínas de uma igreja perto do Marne, repelindo um ataque alemão.

Vista aérea de ruínas de Vaux-devant-Damloup, França, em 1918.

Um major americano pilotando um balão de observação perto no front: a participação dos EUA na guerra, fornecendo recursos materiais e grande número de homens, permitiu aos aliados lançar novas e decisivas ofensivas contra os alemães.

Soldados franceses lançam um ataque de gás tóxico contra trincheiras alemãs em Flandres, Bélgica.

Alemães mortos na área de La Basse.

BATALHA DE AMIENS |8 A 11 DE AGOSTO|

Também chamada de Terceira Batalha de Picardy, a ação marcou o início da Ofensiva dos Cem Dias, que traria o fim da Primeira Guerra Mundial. As forças aliadas avançaram cerca de 11 km no primeiro dia, um dos maiores avanços da guerra, sob o comando do general inglês barão Henry Rawlinson. Amiens foi uma das primeiras grandes batalhas envolvendo veículos blindados e pôs um fim à guerra de trincheiras na Frente Ocidental. Um número significativo de alemães rendeu-se, indicando os ânimos abalados dos soldados do kaiser.

"Amiens, a chave para o leste" de Arthur Streeton, 1918.

OFENSIVA DOS CEM DIAS | 8 DE AGOSTO A 11 DE NOVEMBRO |

A entrada dos Estados Unidos na guerra proporcionou aos aliados o reforço de que precisavam. O país enviou 2,1 milhões de soldados, o que permitiu uma nova e grande ação que colocou um fim à guerra: a Ofensiva dos Cem Dias. A operação contou com 600 tanques de guerra, além do apoio de 800 aviões. Os soldados germânicos, vencidos pelo esgotamento depois de quatro anos de luta, foram vencidos. Diante do avanço implacável dos aliados em 1918, os líderes militares alemães tiveram a certeza de que a derrota era inevitável e buscaram o armistício.

Um posto armado com metralhadora, estabelecido pelo 54.° Batalhão australiano durante o ataque às forças alemãs na cidade de Somme.

A introdução de milhares de tanques ao longo da frente de batalha foi uma inovação desenvolvida pelos aliados como estratégia para superar o impasse da guerra de trincheiras na frente ocidental. Na imagem, um tanque francês Renault FT ultrapassa uma trincheira.

Tropas canadenses abrigadas numa vala ao longo da estrada de Arras-Cambrai: cavalos ao lado de tanques de guerra testemunham um mundo em transição.

BATALHA DE MEGIDO | 19 A 21 DE SETEMBRO |

Esta batalha tornou possível a conquista da Palestina pelos britânicos, sob o comando de Edmund Allenby. Os otomanos foram cercados pelas forças do Império Britânico no vale de Jizreel, perto do rio Jordão, chegando à vitória com pouquíssimas baixas.

Um grupo de prisioneiros alemães capturados durante combate em Semakh, no Mar da Galileia.

OFENSIVA MEUSE-ARGONNE | 26 DE SETEMBRO A 11 DE NOVEMBRO |

Parte da Ofensiva dos Cem Dias, esta operação foi a maior e mais significativa da Força Expedicionária Americana (AEF) na I Guerra Mundial. O planejamento foi feito pelo comandante francês Ferdinand Foch e envolveu forças dos EUA, da França, Reino Unido, países do Commonwealth e Bélgica. O objetivo era romper a Linha Hindenburg, o grande sistema de defesa construído pelos alemães durante o inverno de 1916-1917 no nordeste da França, forçando a capitulação dos alemães, intuito cumprido com sucesso.

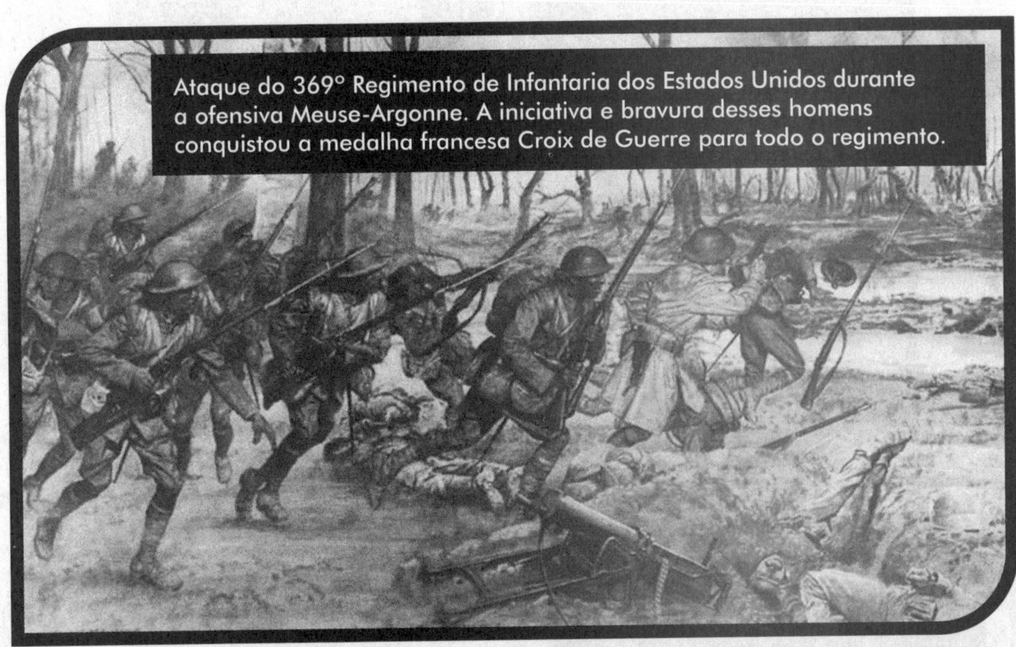

Ataque do 369º Regimento de Infantaria dos Estados Unidos durante a ofensiva Meuse-Argonne. A iniciativa e bravura desses homens conquistou a medalha francesa Croix de Guerre para todo o regimento.

Um avião alemão Hannover CL III abatido entre Montfaucon e Cierges, no dia 4 de outubro de 1918.

Ruínas depois da Batalha de Montfaucon.

Homens do 16º Batalhão de Infantaria canadense durante a Batalha do Canal du Nord, parte da Ofensiva dos Cem Dias.

BATALHA DE CAMBRAI

8 A 10 DE OUTUBRO

A cidade francesa deu seu nome ao combate que resultou no enfrentamento das tropas britânicas e alemãs. A batalha se destacou pela inauguração de diversas táticas e armas inovadoras, em especial o uso de tanques, o que resultou numa vitória esmagadora dos aliados com poucas baixas.

Soldados britânicos com tanque ao fundo: o uso dessa nova arma foi decisivo na Batalha de Cambrai.

A "terra de ninguém", o trecho livre entre as trincheiras, perto de Lens, França.

BATALHA DE VITTORIO VENETO | 24 DE OUTUBRO A 4 DE NOVEMBRO |

A última campanha italiana da Grande Guerra levou a Itália à vitória e o exército austro-húngaro ao colapso.

Tropas italianas e britânicas passam por peças de artilharia abandonadas pelos austro-húngaros na estrada da montanha Val d'Assa, em 2 de novembro de 1918.

BATALHA DE SHARQAT | 23 A 30 DE OUTUBRO |

O confronto entre as forças britânicas e o Império Otomano como parte da Campanha da Mesopotâmia foi o engajamento final dos turcos, que concordaram com o armistício ao serem derrotados.

Trincheiras durante o Cerco de Kut, na Campanha da Mesopotâmia.